Robert Schumann

Romanzen und Balladen für Chor

Heft 2

Anatiposi

Robert Schumann

Romanzen und Balladen für Chor
Heft 2

Unveränderter Nachdruck der Originalausgabe von 1850.

1. Auflage 2023 | ISBN: 978-3-38240-020-0

Anatiposi Verlag ist ein Imprint der Outlook Verlagsgesellschaft mbH.

Verlag: Outlook Verlag GmbH, Zeilweg 44, 60439 Frankfurt, Deutschland
Vertretungsberechtigt: E. Roepke, Zeilweg 44, 60439 Frankfurt, Deutschland
Druck: Books on Demand GmbH, In de Tarpen 42, 22848 Norderstedt, Deutschland

Romanzen
und
BALLADEN FÜR CHOR
VON
ROBERT SCHUMANN.

Heft II.

№ 6. **Schnitter Tod.** Altdeutsches Lied.

7. **Im Walde,** von J. von Eichendorff.

Op. 75. 8. **Der traurige Jäger,** v. J. von Eichendorff. P. f ª Thlr.

9. **Der Rekrut,** von R. Burns.

10. **Vom verwundeten Knaben.** Altdeutsch.

Partitur und Stimmen.

Partitur allein 15 Ngr. Stimmen allein 20 Ngr. Jede Stimme einzeln 5 Ngr.

Eigenthum des Verlegers.

LEIPZIG,
F. Whistling.
527.

PARTITUR.

ROMANZEN UND BALLADEN FÜR CHOR.

Heft II.

SCHNITTER TOD.

(Altdeutsches Lied.)

Nº 6.*) **Langsam.**

R. Schumann Op.75.

SOPRAN.

ALT.

TENOR.

BASS.

V.1. Es ist ein Schnitter der heisst Tod, hat Ge-walt vom

höchsten Gott, heut wetzt er das Messer, es schneid't schon viel besser,

bald, bald wird er drein schneiden, wir müssen's nur lei-_den,

*)Der 5te Vers dieses Liedes kann ausgelassen werden.

527

Leipzig, bei F. Whistling.

PARTITUR.

hü-te dich, hü-te dich, schön's Blü-me-lein! V.2.Was heut noch grün und

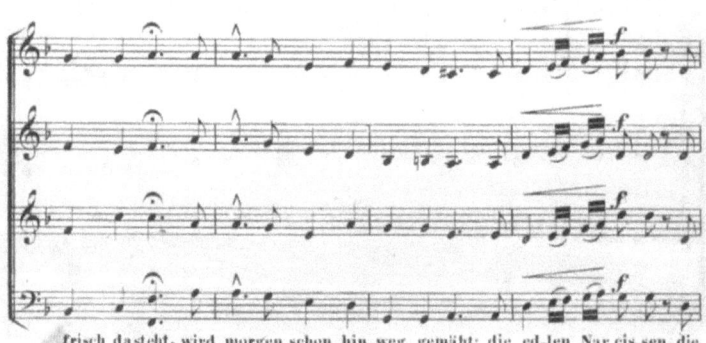

frisch dasteht, wird morgen schon hin-weg gemäht: die ed-len Nar-cis-sen, die

Zierden der Wiesen, die schön Hi-a-zin-ten, die tür-ki-schen

Bin _ _ _ den, hü _ te dich, hü _ te dich, schön's Blü _ me _ lein!

V. 3. Viel hun _ dert _ tau _ send un _ ge _ zählt, was nur un _ ter die Sichel fällt, ihr

Ro _ sen, ihr Lil _ jen, euch wird er aus _ til _ gen, auch, auch

die Kaiser-Kronen wird er nicht ver-scho-nen, hü-te dich, hü-te dich,

schön's Blümelein! V. 4. Das himmel-farbe Ehrenpreiss, die Tu-li-pa-nen

gelb und weiss, die sil-ber-nen Glocken, die gol-de-nen Flocken,

senkt, senkt   al _ les zur Er _ den, was wird da _ raus wer _ _ den?

hü _ te dich, hü _ te dich, schön's Blü _ me _ lein!   Trotz!

Lebhafter.

Tod, komm her, ich fürcht' dich nicht! Trotz! eil' da _ her in ei _ nem Schnitt.

PARTITUR.

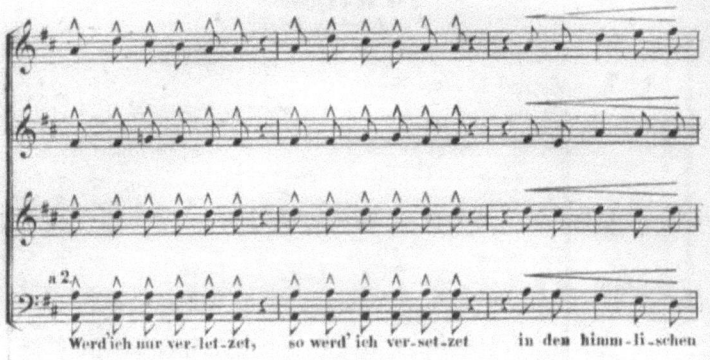

Werd' ich nur ver-let-zet, so werd' ich ver-set-zet in den himm-li-schen

Gar-ten ____, auf den al-le wir war-ten, freu' dich, freu'dich, du

schön's ____ Blü-me-lein! freu' ____ dich, du schön's Blü-me-lein!

IM WALDE.
(J. v. Eichendorff.)

Es zog ei-ne Hochzeit den Berg ent-lang, den

Berg ent-lang. Ich hör-te die Vö-gel schlagen! schlagen! da

blitzten viel Reiter, das Waldhorn klang, das war ein lu-sti-ges Ja-gen,da

PARTITUR.

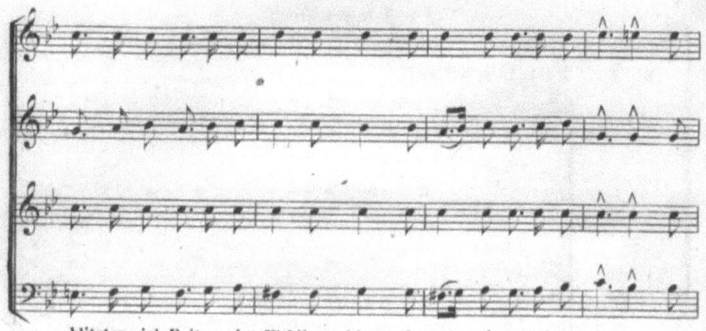

blitzten viel Reiter, das Waldhorn klang, das war ein lu-sti-ges Ja-gen, das

Solo.

war ein lu-sti-ges Ja-gen, ein lu-sti-ges Ja-gen, ein lu-sti-ges

Chor.

Ja-gen, ein lu-sti-ges Ja-gen! Der Bräuti-gam küs-ste die

blasse Braut, die blasse Braut, die Mutter sprach leis: „nicht kla-gen!"

„klagen!" Fort schmettert das Horn durch die Schluchten laut, es war ein lu-sti-ges

Jagen, fort schmettert das Horn durch die Schluchten laut, es war ein lu-sti-ges

PARTITUR.

Ja _ gen, es war ein lu _ sti _ ges Ja _ gen, ein lu _ sti _ ges

Ja _ gen, ein lu _ sti _ ges Ja _ gen, ein lu _ sti _ ges Ja _ gen! Und

eh' ich's ge _ dacht war al _ les ver _ hallt, Al _ les ver _ hallt _ die

Nacht be_de_cket die Run__de, nur von den Ber_gen noch

ran_schet der Wald, und mich schauert im Her_zens_grun_de,

und mich schau_ert im Her_zens_grun_____de!

PARTITUR.

DER TRAURIGE JÄGER.
(J. v. Eichendorff.)

Nº 8. Langsam.

wo kei_ne Wandrer

hin. Da steht ein Fels so küh_le, wo kei_ne

gehn _____, noch

Wandrer gehn, noch ein_mal nach der Müh_le wollt' dort der Jä_ger

pp

pp

pp

pp

sein Ja_gen war vor_

pp

sch'n. Die Wäl_der rausch_ten lei_se,

bei, *pp*

der blies so ir - rer Wei - se, als müsst' das Herz ent -

zwei —, und still dann in der Run - de ward's ü - ber Thal und

Höh'n, man hat seit die - ser Stun - de ihn nim - mer - mehr ge - seh'n.

PARTITUR.

DER REKRUT.

(R. Burns.)

Nº 9. **Munter, doch nicht zu rasch.**

SOPRAN.

V.1. Sonst kam mein John — nie zur Stadt —— vom

ALT.

V.2. Stutz' dei — nen Bi — ber und stutz' mir ihn

TENOR.

BASS.

1. Land in scha-bi-ger Mü — tze mit scha-bi-gem Rand! Nun

2. fein,'sgeht ü-ber die Grän-ze durch feind-li-che Reih'n! dort

1. hat er 'nen Hut ——, die Fe — der da — rü-ber, juch-

2. pfei-fen die Ku-geln hi — nü — ber, he — rü — ber, juch-

Mädchen, und fürchte dich nicht! Und bringst auch 'nen Hieb mit auf der

Wan-ge quer ü-ber, juch-hei bra-ver Johnnie, ich hab' dich nur

lie-ber, juch-hei bra-ver John-nie, ich hab' dich nur lie-ber!

PARTITUR.
VOM VERWUNDETEN KNABEN.
(Altdeutsch.)

Nº 10. Langsam.

Es wollt' ein Mäd_chen früh auf_stehn, und in den

grünen Wald spa _ zie_ren gehn, und als sie nun in den grünen Wald

kam, da fand sie ei_nen ver_wun_de_ten Knab'n, Der Knab' der

war von Blut so roth, und als sie sich ver_wandt, war er schon todt_

Eine Solo_Alt_Stimme(Bei starkem Chor mehrfach zu besetzen.)

„Wo   krieg' ich   nun zwei Leid_fräu_lein, die mein   fein's

—„Wo   krieg' ich   nun zwei Leid_fräu_lein, die mein   fein's

Liebchen zu Gra_be wein'n! wo krieg'ich nun sechs Reu_ter_knab'n, die mein

Liebchen zu Gra_be wein'n! wo krieg'ich nun sechs Reu_ter_knab'n, die mein

fein's Liebchen zu Gra_be trag'n! Wie lang soll ich denn trau_ren

fein's Liebchen zu Gra_be trag'n! Wie lang soll ich denn trau_ren

gehn? bis al _ le Was_ser zu _ sam_men gehn! ja al_le Was_ser gehn

gehn? bis al _ le Was_ser zu _ sam_men gehn! ja al_le Was_ser gehn

ri _ tar _ dan _ do.

nicht zu _ samm,_ so wird mein Trau_ren kein En _ de ha'n!"

nicht zu _ samm,_ so wird mein Trau_ren kein En _ de ha'n!"